lux poetica ❸

そらまでのすべての名前

張文經

思潮社

そのひとの胸に耳をおしあてると
とおい森がきこえた
枝葉がかぜをなでて、ひかりを喰らっていた
その森は
かつてくちにした言葉たちの堆積だった

そのひとの寝室に
じかんが、見えない雪として
温かく積もった
ように

未生から、発語たちの死体が降って
森はなにも生まれかわらせずに
ただ、おおきく、息をしつづけた
おおくの父母が
うちすてていった巨大な遊びたち
つみのまま、ゆっくりと腐らせていった
やがて、どんな火も終焉も
しらじらと
獣たちの寝ぐらになった
すべての音がその森にまよい、しずかの声にかわった

ほんとうはゆるされていたね
そう、森を去った日を笑って、かなしみだった
そのひとが麻の衣になってしまって
から、
わたし、は空の青を定規に

森までの距離をはかり、暮らすようになった
どんな言葉も時代も
わたしや誰かの墓にはならないと
しっていった

だからきっと、
あなたは言葉の手のひらから
零れつづけるのだろう

決してわたしに溶けない
そのひとを着る
とおい森の雨のように、肌がすれ
ふれたゆびさきの、ひかりの粒
おもいだす
せかいと眠りの波うちぎわ、あるいて
そのひとがむかし盗んだという

発語の、ただひとつの果実、おもいうかべ
落書きをする
きっと、ことば以前の、声のほつれる
から
そのひとの裾が
とおい森の息を孕むから、
つばさになるまでここで、待っていなければならない

目次

わたし

ふゆ

待つこと

装画＝髙木大地《Wanderer》2020
装幀＝戸塚泰雄

そらまでのすべての名前

し

本をあらう

幼少の日、には
本を洗ってばかりいた

そうやって
文字を紙からかいほうし
物語に外気と空のひろさ、をあたえ
わたしじしんは
時どき
空っぽになった
白い本に隠れ

たかった

あまやかに未遂はわたしをつくり
洗うたび、ただれた、手指
印字に似て
書くことをはじめてしまった

なぜわたしたちは真っ白な紙ではないのだろう
あの日の河原の光と
梢のふるえと、雨のよるの音、の
すべて、
の、なりかけでないのだろう

このせかいの印字
彫られた傷のひとつ　であるから
誰かといることは

つねに成文であり
けれど読むことができない
うたかたの口語であった

わたし　の言葉
洗ってきた本たち、文字のふやけ
わたしたちをとりまき
この惑星の水のようにめぐりつづける
言葉
ふやけて
葉であり
決してわたしではない
いつか永い不在を数えなくてよくなったとき
ひとつの森になる
土となったわたしを踏んで
しらない鳥獣があそべばいい

わたしのひふ
表皮
それか、紙
かいている、かいて
ふとした青い空の重さが、
のる

海のないて

ひとの言葉をおぼえるまでの、あいだ
わたしも海
を、話していた

わたしの喃語は
寝しょうべんとぐずりの子ども、だから
いつも二階を水びたしにした
わたしを生んだ人も
その父母も
ドアの取っ手や天井の木目、カレンダー

珪藻土もわたしも、
もうすこしで魚だった

ただ体に残った二月、だけ
わたしを凍らせるしらじらとした光、で
ひとに留めた

七歳、公園からのかえる道
しらない姉に
こういう夕方には、海のことを話してはいけないよ
と言われた
眠っているとき
みえない波に
さらわれてしまうからね
たしかに燃えるような
なにもかも終わるみたいな

夕暮れだった
その人は
もう腰から下がすっかり青かった

いなくなってしまうの?　と聞くと
でもね
たまに足に小魚の群れがふれたり
浅瀬の日ざしとか、
きもちいいよ
と笑った

日に何錠
ひとの年環をのんで
子どもの日々、は忘れるためのもの
垢の取れなくなった襟と食事の速度
わたしを取り囲んだ

から
わたしのおくの水たまり
に、なった海だけ
空のような宇宙のような　なにか　写している

この星はすこし前まで
ひとつの水のながれる静止、だったから
海を言えなくても
空気中の姉たちが
夜のあけたあと朝のかわりに
幼い凪をつれてくることが、あるのだろう
幼少のわたしの泣いたのも
どこかで母になったり、するのだろう

わたしはそれをわたしのせいにする
まだ踏みつけている

陸、あるいは家、
知らない貝たちと土たち、
あるいはただ一人だった姉、の
骸、踏んで黙らせてしまい、ながらも
わたしを
わたしのせいにする
羊水が泣く

口ご

こうやって話したことばはぜんぶ、口語っていうんだ
そう言うと
きみは
そっか、くち語か、と笑った
まちがいとも遊びともわからなかったから
だまっていた
だまった、かえり道の時間のぶんだけ
光の在り処をみつけた
アスファルトにまじって、信号と芝生と、葉のさきにもくうきにも、
肌をとかすみたいに

話したことをくちはすべて覚えている
ぼくが忘れたその日のくち語も、すべて
だからくちはもう青ぞらに近くて
顔の真ん中にあいた
傷だってこと
忘れかける
きみはあまりに息をするのがじょうずで
きみが、さびしくなりたいんだ
というとき
口はたくさんの光のつぶを吸った
かわりに空気がきみに似て、それを言うと
きみは嫌そうだった
きみはきみじしんを　ただひとり
だと思っていた、ね、息の上手さを知らなかったね

ぼくの口は、だけどいまでも
きみが切り裂いた傷のままだ
はじめてくち語をはなしたとき
ぼく、をすこし、てばなしたとき
内側からでた赤が
夕日に混じるのがわかって
　せかいのおわりみたい
ってきみがわかりきったこと言うから
すっかり本当になった
ずっとふりしきる、きみがいない、よりも

ほんとうにすっかり、自分をはなしてしまったら
ぼくもきみも、誰か、になる
ひとを立ち上がらせ、食事をさせ、
歳を取らせる、せかいの回転になる、
青ぞらの背後にたたずんでしまう

なんて、ぼくたちは恐れて
たくさんを、呪い、に、かえてしまった

やっぱり、わたしのくちはすべて
覚えているよ
きみがそう言って
すべてがくちになる、なんて
言ったもん勝ちだけど
ぼ、く、ときみ、の口
だけが残って
傷として
せかいのからっぽの
奥底を映しつづける
そこで
誰にも似てない
くちごたちが青あおと殖えつづけていく、

ね、
うん、そうだといいね

薄青をそそぐ

とおくにいった　きみの呼吸は
夜明けになると
すべての森の木の根からおきあがって
海をめざした
そのいろがあんまり、いないに似ていたから
ひとあしごと
息たちのからだ　は零れて
ひとの絶えた街を抜けるころに
ほとんどみえなくなった
それらの足跡は

川と　呼び違えられた

ふふ

夜が終わる、おわっていく
宇宙　が薄まっていく
すう秒、すべての物たち、
静止して
だれかの　ふふ　だけ
聞こえて
わたしは迷い子、忘れられない、しはじめた

ちちははの子になる　すこし前
海そらの　がらすに住んだ、ときは

だれかがいて
一度も生まれない、生まれなかった
みたいなやさしい指で
えいえんを破いていた

ふふ、えいえんだった紙片が
名前になり　言葉になり
雨や日ざしのふり、して
ふっていった
血のいろで、まじって
わたし、も生まれおちた
冬の夕方だったから、はじめての息は
ガラスのひびの青だった

ゆびさき　なんども真似たから
だれかを記憶して

ひとのほほを撫でるひかりさえ
いない、と名づけた
いない、は燃えつづける空、だから
わたしのせい、で、知らない子どもらを
何度も、火葬した
ごめんなさい、ごめんなさい、
と彼らの名前
肌に書きつけ、撒いていった骨で
だれかを
待った

待つことでまた、夜を殺めてしまう
その表皮をめくり
空うみの名残り、みたいな
だれか、みたいな　日
ゆびのふるえをひたしている

果てない
みたい　のなかに
川原と球技場と歩道橋があって
教室のまど、雪溶けの道
があって
拒んでしまった人たち　と
きみと呼びつづけた　ひとが、かつていて
そこでのくらしのなかで
男になってしまう
だれか
を生めなくなってしまう
生めない、から
ありもしない、えいえんを
裂いていく

うす空を梳く、みたいに

過ちながら
わたし、は、夜を終えて、いく
ふふ
ねえ、それは笑っているの、ふるえているの

わたし

かたみ

あの日まで、空はガラスで出来ていたから、遠く、透き通っていても触れることができた。

「もうそろそろ、壊してもいいって思ったんだ」

いつもの川原で、君はそらに向かって、石を投げた。投げるたび、君は澄んでいった。そらが砕けて、内側の青を溢れさせたとき、ほとんど君は見えなくなっていた。空がからっぽになった。

それから、君の残した手紙が見つかって、君の衣服や、話し方や仕草が、全部、私のものになった。君の白い生地と青い滑らかをきて、ひとつだね、と呟いてみたけれど、数日でそれは私の肌に溶け落ちてしまった。私の一番奥の血が、その分、薄空に染まった。怖くなって、私は、譲り受けた君の全ての仕草を、川底に隠してしまった。

そらも君も、無いことだけがしるしになって、どこか、あの日テレビで見た、膨らみ続ける海と波に似ていった。私は息をすることと、話すことが違うのを知った。だから、自分の仕草を売って、知らない生き物を、少しずつ食べて暮らすようになった。

さいごのしぐさをなくしたら、こんどこそ、君のしぐさ、ひろいにいこう。君みたいに、空気の罅を撫でて、髪を風に揺らそう。意味のない嘘ばかりついて、何にも当たらなくても、君の仕方で、きっと、石たちを投げるよ。

あの日、さらさら割れて落ちた空の破片がどれも君のようで、君の指の、傷ついた震えだけがそれらを掬うことができる。
「生き返りたくなんてないんだ」
君は確かにそう言っていた。どんなに集めてもあの日の空は、君ではないね。それでも集める。集めて、君のための内海を作る。作るから、そしたら、私だってさすがに、生まれるから。

はだから

空が湿疹しているから
かきむしった
指がすこしずつゆびになり
ゆ、び、になって
水　といいちがう仕草でこぼれた
ただれた肌が　ゆびだったものを飲んで
かろうじて息をした
空がちいさく傷ついている、ね、を
まだ見ることができる
傷から生まれてくる

もっと小さいものたちを
まだ
見ることができる、できる、よ、
あれを血とはよばないんだよ、
という人はそのとき　そらと名のった

たくさんの海がその人に
そそぎこんでいた
息にまじってこぼれることがあった
小さいものたちがそれを食べて
海の残がいを　とむらうとき
その人　は　はじめて
そら　だった
海はそれでも、そそいだ
そらの息と　それに似た風、に

欲じょうして、掻きむしった
指を擦りつけて
肌はなんども空、ではなかった
いることをはじめた、よ、

川をあるく
川の時間をあるこう、
川の時間ににた　そらの
髪のけがゆれる、まだ見ることができる
よ、と、言った
小さいものたちを
育てて、かれらが山並みやビル街や
鉄道になるのをゆるして、でも
きみになりはしないし、
いつかは私を食べる、から、と笑って
そらは遠い

なくなってしまった指でだけ
さわることができて
ほんとうの水する、ことができて
そらが湿疹する傷
から　ゆるされない、はいっていく、よ
そらがおおきく息して
いるいない、の海
の、かわりにゆびさきがあって
光みたいに動いて、動きを、けれど怖いんだ
とやさしくつたえて
果てるとき
生きてしまう、けれど
もう一度空をみよう

小さいものたちは、もっと小さく、けれど

たくさんを眠らせる
そら　が　空になるまでの日にちが
ぎょう結して
ひとくちの水、　わけあおうか

ひとひと

ひと、ヒト、ひとつ、と雨が降る。空の髪が死んで、雨となって抜け落ちる。クウキは埃をあずけて、くろぐろと澄んでいく。雨がフる。アメが降るえては、経《ふ》る。空のながいながい時間を、甘くアつめて、空《から》の時間をやさしく、殺しながら。いま目の前に落ちてある髪の毛は、空のものか自分のものか、ただどこまでも鈍く、落ち続けてある、その内側へと。ヒト、ひとあし、ひとあしと、地下へと降りていく。ふっていく。電車に乗るために、お金を貰うために。けれど、雨の雫として空に、止まるために、目に、他のヒトは固定され結晶していく。ように、ように、ミエる。階段を水がオちテイく。水が飲んでいく。ひととみずは、クベツがつかなくなって、ウチがワへと、降ちていく、ボクハわかるように、わからなくなり流ラ、降ち流ラ、留まりナガら、水にのまれている。
みずをのんでいる
ひとひとつ、ひとり、ひとあし
ひとひとひと

みずかき

いなくなった、妹、が
そらを泳いでいく、しち月のゆうがた、から
公園も、こうえんの葉と芝生も
国道も、あの河川じきも
ゆっくりと
とけだしていくみたいだった
いもうとには、すべて、が
えきたいだったから
たいじ、みたいな水かきで、すべてを
泳いだから

いもうとにはなれない
なってやれない、だけが
ぼくのありかになった
眼にうつるすべてを
両手でおさえつけて
これいじょう、あふれでないようにした
妹の髪を梳いた
ときの、手つきと
にていればいい、といのった

ゆうがたのぼんやり、に
泳ぎにいく、たびに
からだにゆう焼けがくっついて
それから、ひどくかゆくなった
ゆうやけをあつめてつくった

たくさんの母さんは、いもうとを生まなかった
ぼんやり、をくろーるした
ひとり　に、なった
なにもない
ゆび、とゆびのあいだ、たくさんが流れていった

あの日、いもうとを燃やした
ほのお、が、せかいとしゃかいをおおって
ひあがった、なつかしい海
の、浅せだったところで
あの公園にすこし似たひと、と、暮らすようになった
ぼく、は男、へ、なって
もっともっと妹で
なく、なって
水の足跡だけがつきまとって
ひとはいっしょに眠りながら

からだの掻きかた、をおしえてくれた
　やさしく、ね
　つめ立てて、くりかえして
　ほら、ちが出るでしょう
燃やすように破っていって
ひと口づけながら、かきむしって、
肌が裂けて、血えき
あふれていく
溢れて、空、にかわっていって
このまま、新しく海するまで
いもうとの羊水するまで
ぼ、く、いなく　なるまで

はじめて海水浴をした
三歳の日に
ながされそうになりながら

妹、は
笑っていた、と思いだした
きみはたしかにわらっていたね
だって、うみが、とっても、海なんだもん

つぐなう

波にあしくび　を浸して
ひとくち、くち、ずつ
きみは
海をのんで
そらからすっかり燃やしてしまった
はずの、きみの衣服
とうめいに降る

きみの裸体が
そらに　にて　乳ぶさや

性器や　ほそめた眼、が
空に、似ていく
手からこぼれつづけて
ふれられる　のは
かつてのきみの、もやされた
皮膚のただれ、だけ

髪を梳くようなかるさ
で、きみ、の、くびを両の手で
つつんで
そのおくで息がかよって
血がかよって　いる
ことを　あまりに恐れて
よく望して
ぼ、く、いなくなること
に　海になること

に、よくぼうして、して

友だちも校舎の窓も
親たち、冬の街、かーてん、雨
も、音楽も、点数も、
すこし変わった話しかたも
きみの
衣服でしかなかった
けれど

海を飲んでいる、きみ
が
どこかでひとり
眠って、顔をあらい、
歯を磨いて、つぎの駅まで、歩く、なら
もういちど　海になろう

空に、跳ね返って
拒まれ、る、会話
のなかで
待っている
きみに飲まれた、ぼ、く
消化、された
だろうか

きみが　きみを身籠る
とき、
せかいの水がすべて
そらにもどって
波だけがくりかえし
ここに残って
一日が真っ青になっていくことを、
おそれ、ながら、きみが小さく笑う

にているものたち

ぼくが生まれたとき
夕ぐれがふゆの空を喰らっていた
二階の窓から、見ていて
もってきた
ただ一つのことば
亡くしていくのがわかった

食べるたびに
からだは大きく、身体になり
食した動植物に近づき

せかい、にちかづき
かんがえごとは　ぼく、になった
いいよ、とはじめて
ひとの言葉をはなした　とき
もってきたさいごのことば
くうきにとけ
みえない小さな生き物
たちに
食されていった
その日
そらは海に似ていった

やがて　ぼく、は
記憶　をはじめ
きおくは森になり、似ている
を、死がちかいものたちのように

住まわせた
なくしたことば　は
空ににて、そらは
海に　うみは
いなくなった人たちに
にていた

すべての生き物が
父母でしかいられない
じかん　が堆積して
不在の森はおしやられ、火を放たれ
けれど
膨らみ、透明にかわる
もう
何と別れたのかさえわからなくなった
これまで出会った

すべての人の子の名前
食した、生き物たち
肌にきざまれ、消えない

から、その爛れを
今日の
　夕やけみたいだね
ぼく、に似た
いなくなれない　ひとが言うとき
また待つことをはじめる
いる、いない
をひとつにする
空のことば、といき、に
ふれる

きみがいない

きみがいない、は
もう咲くことのない枝先、
と、指さきに
のったひかりのつぶ、が
空気に混ざる　ときの
ふるえ
半紙の匂い、死に絶えた木の
白
しろい絵の具
いる、いないを溶かして

ひとつの海、したなら
あの河川敷も公園も
すまわせられるのに、ね

きみがいない、は
六〇キロくらいしか出していない
のに、開いた窓から入る
風が、もう日光だった
髪が
中流域の水、みたいに
動いて、
父と母を零す
ことさえできた
きみ　と海　がちかづいた

夜は消化器であり

たくさんの襞《ひだ》　をもっていて
隠れれば
好きなように息ができた
きみがいない、は
蜜柑の皮を剝くとき、のためらい、やわらかさ
果実そのものになってしまった時間の
埋葬

きみがいない、が
ひとりの人として
息をはじめ
言葉を覚える　とき
わたしは料理の仕方まで教えなくてはいけない
生き物を切り、煮込んで
きみと　きみがいない
とを待つ

きっと、ありつづけ
わたしはわたしが忘れた歌たち、に、なる

ふゆ

ふゆ

ふゆ　と口にする
その余りに弱いひびきを
この寒さの名前にする
わたしの皮膚と大気とを切り分ける
じゅんけつ、と零下の名前にする
わたし、がわたしでしかなく
雪でも海でもない
わたし
である、えいえん　をふゆとしたなら
きっと、悼むこともできる

生まれた二月のある日に
わたしの肺は流氷で満ちていた
から
きっとせかいはきしきしと光の充満、で
白黒であり、目に写るすべてが母だった
わたしが言葉をおぼえ弱いものを食うたび
それらは鳥として去り
最後の破片、わたしのいう、ふゆのひびきだ

えいえん　と初めて口にしたひとは
どんなふうに畏れていたのだろう
どんなふうに命を失ったのだろう
わたしはきっと、
ほんとうは
生まれる前から言葉をもっていた、から

いなくなった人たちの名前がすべて呪いになる
柑橘をむいたあなたの、指のふるえであっても

ふゆ　と口にする
余りに多く色をもち、虹にすら近くなった
わたしの視界を、もういちどだけ、一つのふるえに還して
しまう
わたしではないことにした、すべての断片へと
赦されないいまま
ふゆ、せめて白い空気を、ことほぐ

ひかり

わたしにはある
この朝がある
言葉を朽ちていく冬の時間の
なかで
かじかむ、ひとのゆびが
ひかり
だったことがある

空の形式

形式を言うなら、たぶん家から出られないのは名前を忘れた人のうちのひとりがその朝にいなくなってしまっているからで　その人の最後の言葉はおもったより僕であるからで、僕、ボク、ぼく、といいながらその響きから意味の鱗がはがれるのをきたいする、そんな時間の、端のほうで、いなくなってしまったその人はいつの間にか僕、ボク、ぼくの覚えなかった、たくさんに囲まれている、たとえば背泳ぎの、リフティングの、数学の公式の、海に眠って、ねむることの、思ったより簡単で、ただ顔も名前も、いたことのなかにただよう、覚えている、その人はぼくのリュックに雪玉を入れた、気づかずに家に帰った、白は溶けないままで、家が寒かったから、いまも、一人で確かめたその冷たさの、手のさわった緊張、冷たさ、いたということ、遊びのなかで、それがどうにか思われること、ぼくの手を冷やしたこと、すべてが時間に見えていた子どもの時間、ぼくの子どもの時間、ぼくの母の子どもの時間、雪、のなかに、いい生き物たちがいた、いい生き物たちがリュックのなかにいた、それを見ていただろうか、ぼくの、子どものときは、いい生き物たちが雪のひとひらずつに住んで、澄んでいき、ぼくの大人が落としたままのものを殺していた、覚えなかったもの、書道の墨のすり方、かけっこ、そこにいること、を食べて、夢の美味しい部位はきっと内臓だから、彼らは丁寧に腹をひらいていく、空のかたちで、形式で、開きながら、雪玉は入らなかった、さわらなかった、どこに、と聞いたとしても、いるだろう、と帰っていく、家から出られない一日のなかでその人は何かを悼んだだろうか、名前を忘れたたくさん、溶けていって、家のなかで、遊びながら、ぼくの形式で、さわらないなら、空していること、溶けていって、いって、夜に進めている

ふゆのひ

ゆびさき
がしらないうちに凍って
からだは身体に
なり　じぶんはせかい
ではなくなり
生まれたとき
水であったゆびや
部屋や　ことばたちが
重さと形になった
おぼえてきた

時間のあいだに

きみ、だけがまだ
水して
物と物をあいまいにひたして
あるいは溺れさせて
歩くたびに
きみはさざ波して
動きを
そらに返してくれる
かぜ

ゆびさきの氷、
透明のふりをする白の、
かつて
君をとかして　くうきに

あふれさせたとき
の　からっぽ
から細かく傷している
ねむっているときだけ
傷は　きみ　を飲んだ
きみの液体が
口に摩擦して
ひをおびないまま
光のような動きで
中を　みたした
ただ
ねむりがあった

ゆびが触れることのなかった君
は、水になりえずに
固体する君、は

どこか
ではなく地名を
生きて　自ぶんのゆびさき
に火を焚《く》べている
だろう
何もおぼえないように
ぼ、く、にならないように
しること
がないように　祈って
ゆびはほのお　いつのまにか
そこから
あの日隠れた森が燃え、あの国道と
河川敷と　記憶が燃えて
川原の石が燃えて

だれも殺せなくなるときに

ぼくの氷
火　を弟妹
のように
もう一ど育てるだろう
あと一どだけ
きみに　ふゆがくる、から

ふらない日にも

あめが降らない冬の日には
いつでもかわりに
見えない　名前がふりそそぐ

ちち、ははの名前、もう会わないすべての名前、
ぼくの、あの人の、生まれなかった子どもの、名前、

光線を滑り落ちて
空気をそらに変えていく
かじかんだ手を、ひとつの生き物にする、

名前は、
ここをすこしあおぞらにして、遠い頭上を
すこし、ここにする
けれど、ぼくを一人にする

夕ぐれの公園はあの日まで、たくさんのぼくでいっぱいだった
ぼくたちは、きみたちでもあって
呼吸は透明だった、
ボールは何年も何十年もころがるみたいだった
かえりみち、いつもの母のふりをして
ひとつの名前がぼくを待っていた
やさしく、手を引かれて、一人になるのがわかった
ぼくたち、は、うしおくんになり、まさになり、れおくんになり、みつるになり、かいになった、
それらの文字がぼくの肌に縫いつけられた
湿疹みたいに

あの日、人になったぼく、は、あたりに、物たちに、やさしい生き物に
名前を押しつけて、大きく、それでも猫のように
おなじ眠りにかえる
きょうのよる、またひとつ、きみの名前を
忘れる

「雪みたいだね」
きみが何を喩えたかを忘れて
声だけが残る、のこって、
わすれること、息をすること、肌に刻んだ名前たちから
そらを吸い込むこと
きっとそれだけが
名前をえきたいに、くうきに、かえてくれる
水させてくれる、
名付けた人たちの、巨大な不在、を見つめること
歌うこと

雪みたいに、何もないね
ぼくの名前が死んでしまったなら
きみのさいごの名前が
な、ま、え　になってばらばらにふるだろう、
いなくなれないよ　ときみが言っても
かつてのぼくたち、きみたちに
降り積もって
雪みたいに、かすかに
あたたかければいい

待つこと

そだてる

いきをしてみなよ
地上のぜんぶの裂け目が開いて
嫌いな、やさしい生き物たちがみんな溺れるみたいな
息をして、みなよ
きみがそう言ったから
吸いこんで
その空の色を変えた
三つ目の石を投げたあとだった
きみの石がみなをきるたびに
おぼえたことが気化していって

なんでそんなに上手なの
と聞くと、わたしが投げてるのはぜんぶ、
わたしの弟だからって言った
きみのおとうとを思いながら、もう一回
いきをすった
小さな、おとうとになるまえの、見えない粒
が、入ってくるのがわかった
わたしのなかで
光に変えて、かれらを吐きだして
そらがすこしだけ深くなった
いきができるね、
きみが小さくいった
うん、
それから、空が要るときには必ず
いきをした
初めて交わったときも、子を生んだときも

きみを忘れたいときも

きみがあの河原を焼きはらった日から
ひとりになった、ひとり
になって、目覚めたくない朝がふりつもって
洗わなかった服たちが何処までも
つきまとった
あの火はきみみたいだったね、きれいだったね
というわたしを
夜ごとに窒息死させて
たくさんになったその体で
どこかに生きてるはずの
きみを覆い隠した

いつか生まれた男の子がきみだとわかったのは
その子がはじめて話をしたときだった

あのとき、息をすいこんだでしょう
うん
あれは空に混じったわたしでもあったんだよ
そう言って、笑った
ずるい気がして、けれどわたしも笑った
なぜ燃やしたのか、聞けなかった
それから
わたしの血液は水になって
肌が石ころになった
わたしの肺が空するようになったら、
もう少しであの河原になる
きみをそだてよう

いて

ほんとうにやさしい人たちはみんなもう息になってしまった
ぼくやしらない人や物たちを出たり入ったりして
ただ、せかいの広がりを繋いでいる

ぼくが母さんにまじった空から生まれたとき
てえちゃんは、母さんと父さんの子として生まれた
ぼくは名前を持たなかったし、いなくなるのは
ぼくの方だと思っていた

して、しないで、させて、
いなく、いさせて、して、

てえちゃんだった、が、ぼくを
吹き抜けていく

空には二匹の怪獣がいて
昼には青く、夜には黒く
お腹で地球を覆っている、ね
いつかぜんぶ終わらせるね

その話をつくったのはきっとぼく、で、
けれどてえちゃんと一緒に信じた
ずっと元気で、足も速いてえちゃんが先に
人になってしまわないように、ように

てえちゃん、か、ぼく、は
恐竜が好きだった

大きくて、もういなかったから、誰よりもやさしい
炎の終わりを、したから

して、させて、いなく、ならせて、
そう言ったのはぼくの方だった
のに、ね
てえちゃんがぶったとき、ぼくが上手に溺れられなかったとき

たくさんの名前を、けれど、母さんのように並べて
吹き荒ぶてえちゃんの破片たち、を、沈めて
海しようね、きっとしようね、
言いながら
怪獣たちが地球を壊せないとき
息が　すべての色と重さを奪っていく

しんこきゅうして、して、させて、ぼくは、いなく、

ならせて、ぼくのせいで、ぼくの透明が
すべての嘘つきをころしてあるく
ね、あるくよ、はいはい歩きで
きみと、はじめて空をみた日、みたいに

てえちゃん、
ぼくがいなくなるとき
きみの名前だけが残るだろう
せかいのぜんぶを歪ませる、きみの名前、
うちゅう
を、きみの仕草にするね、

てえちゃん
だからもう、ずっと、水みたいに名前して
ぼくは人みたいだ
して、させて、いなく、いて、ね、いるよ

夕ぐれのむこうまで

夕ぐれのむこうまで
あなたを送る道の途中で
わたしは
どんな鳥にでもなることができた
世界がまだ
いっぴきの獣だったときのことを
歌うことができた

わたしの寝床は
大きな木の根の奥にあって

いつまでも冬のままなんだ
と、あなたは教えてくれた
から
わたしの歌は
あなたの眠りを守るためにあった

わたしのせかいの果ての歩道橋で
あなたがいなくなるのを
見送る、とき
決って夜がやってきた
そうしているとき
わたしはとおくの街を燃やしつづけている
罪の炎を
忘れてしまっていた
ひとり　家に帰り着くたびに
まだ誰も殺していない

ころしていないと
手のひらを見てばかりいた

いっそのこと流氷になってしまおうかな
海だって眠らせて
だれも殺せずに消えてしまえるから、と
あなたが言って
あまりにも白くわらう
こたえられないわたしは
西の山並みにのこった赤いろを拭って
あなたに贈った

その夜、わたしは確信した
せかいが獣だったときには
ひとつずつの雨粒と
ひとつずつの夕ぐれと　夜が

各々に、じぶんだけの名前を
もっていたのだと
あなたを喪うときに
わたしはそれらを
取り戻さなければいけないのだと

＊

あとどれくらい、言葉を剝いだなら
この夜を
闇、と呼べるだろう

人の形が
みあわないいきが
して
搔きむしった

わたし、も、いない、あの人も
肌のやぶれから
あお空　沁みいってきたね

あの川に投げた
ひとつずつ、の石の名前
何度も忘れていく
かわりに
あつめたプラスチックの言葉たち
衣服にして
いなくなれなかった
一日が積もる
ただ手の洗い方だけ、覚えてしまった

一日がつもる
夜を葬れない

から、折り曲げて
路地、消化器にかえて
あのひとの肌のふるえを
水面のひかりの砕けたのを
閉じ込める
せめて人たちが焦がれ、売り買いする
腐敗した紙の夜、から、とおくに
よぞらだけを
呼吸して、のんでいればいい
からっぽ　の、どこかに

わたしが育った森には夜がなくて
ただ闇だけがあったんだ
そう言ったあのひとの
おそれ、が
仄かにわたしの

ひかり、
な　きがする

父のふりをした人たちが
夜を干拓していく
ほんとうは何も生き返らせない
春の花びらたちに
夜を喰らわせていく
いなくなった人たちの、住まいだと
嘘を言って

掻きむしって
わたしの肌、と　よる
摩擦する
からっぽになった環状線に夜が
遅れる

わたしはまだ、あお空ではない
わたしはまだあの川ではない
わたしはまだ
わたしの名前を返してはいない
から、
夜が終わるとき
きっと、
あなたを生んでしまう

わたしたちはこたえなかった

おちていけない日だった
夏はわたしとまち
逆様にして、空にちかづけた
けれど

すいこんだ昨日のゆう焼けが
痛くて
まだ、もう
あのひとはいなかった

どこにも行けなかった
わたしは
雪にも土にもにた、みえない何か
たぶん　やさしい生き物たちの
残骸、に
囲まれて
教えられたとおりに走っても
ここ
から出られなかった

どれだけ待ったなら
溢れて
この庭は森になるのだろう
この羊水は海になるのだろう
夜ごとに
家と呼ばれる場所にいき

寝室で
秒針を押した
わたしの指　は
まだやわらかく、あのひとの風が留まっている

いなくなったひとたちの
空気に残したつぶを食べるという
やさしい生き物たち
あまりに清潔で
わたしとあのひとの子どもの日に
すこし、似ている

一度だけ本当に海をみたことがある
波はくりかえして
いちばん低いところの空を
食していた

すべてはやはり容易くなくて
わたし　だったか
あのひと　だったか
いる、いないの
どちらでもない呼吸でうたった

空はこたえず
海はこたえず
ひざしも、街のきおくも、
いつか地平を覆う森もこたえず
わたしたちは
ただ笑った

わたしだったか、あのひとだったか
そこから
まだ帰ってはいない

ほつれつづける波の拍動のまえに
じっと立っている

ひざしのなかで

秋、水のようなひざしを歩く
はじめてそう喩えた、きみはもういない
ひとの言葉を覚えるまえのわたしも
鳥たちや獣たちも、もういない

もしきみたちがみんな一度に死んだなら
季節と呼ばれただろうか
夜には虫たちが鳴き
空はまた広がる

もしきみたちがみんな一度に死んだなら
わたしもたぶん人　ではなくて
生まれる前の
空っぽ、から降った
誰も言うことのできない　ことばでいられた
ただ息をして
せかいとわたし、わけあっていればよかった

けれど、どんなものもばらばらに滅びていく
わたしもまた
許せないほど朽ち、また実る
ひとつの、人の、身体だった

きみがいた、水のような日に
わたしは
物たちの背後に住む、生きるか死ぬか、を

いるか、いないかによびかえてしまった
きみの声真似を、すこししたまま

わたしはあまりにも多くを恐れすぎた
もし戦争があったとして
それすらひとつの季節にしてしまいそうだ

それでもわたしはきみと入った海を思いだせる
きみの皮膚に水が混ざるのを
思い出せる
夕やけ　と一緒にぜんぶが終わりそうだった
足元の石が痛くて
どこにもいけないのに、嬉しかった

波はわたしたちを揺らしたけれど
わたしたちだって　海を、ゆらしていた

いつか教室のテレビで見た
あの黒い波より、はるかに弱く

あの海もとおく去って
わたしはいなくなったきみを待つ
ひざしを　髪を梳くみたいに折りまげて
あたらしい海をつくる

疲れた足をひたして
さいごの空、燃えて、死んでいくのをみる
おそれたまま
季節とよばれた
すべて、わたしの寝床で、ねむりにつかせる
撫でるように、眼をつぶらせて
落葉の底、わずかにのこった緑までも
わたしは見ることを、はじめなくてはいけない

けものと言葉

しきたりが滅んでいくから
わたしたちは
冬の裸のけものになる
父たちと母たちを忘れて
食べるたびに言葉を海にはなしてしまう
吹き荒れるものがわたしたちの毛皮で
眠りだけ、深くなっていく

季節がきえ
やくそくがきえていく

暦はもう回らない
もう家をあたためない
大人にならなくていいと許された
かつての子どもたちが
すこしでもいい寝ぐらをさがして
膨れた体軀を引きずり
街を、さ迷っている
放されたことばは、光線にうちつけて
海の色をなんども変えたけれど
もう、わたしたちの食べ物ではなかった

それでも
わたしにはたしかに妹か弟がいた
しきたりの森で迷子になって
いつか花か葉とおなじに
変わってしまった

わたしに似ていたはずだった
その子を呼ぶために
まだ言葉たちをもっていなければならない

わたしは思いだすから
獣の手で
ひどいらくがきを繰り返す
いつか新しい暦にやくそくに、なるかもしれない
そう嘯《うそぶ》いて
ほとんど
滅びでしかない時間の、皮膚に
かってな名前をかきつけていく

いつかわたしの手に
鉱石のようにくろく毛がまとい
うちに、熱がこもっていく

わたしは
永い漂流を描きだす
日付を失ったじかんが
たえまなく、わたしの肌にふりつんでいく
比喩が終わるところで
わたしたちの息が、そのまま意味であるような
壁画をかきつけていく
岸がついに、見えないとしても

張文經　ちょう・ぶんけい
一九九六年生。東京大学大学院在学。
「上陸」同人。

そらまでのすべての名前《なまえ》　lux《ルクス》 poetica《ポエティカ》 ③

著者
張《ちょう》　文經《ぶんけい》
発行者
小田啓之
発行所
株式会社思潮社
〒一六二－〇八四二　東京都新宿区市谷砂土原町三－十五
電話〇三（五八〇五）七五〇一（営業）
〇三（三二六七）八一四一（編集）
印刷・製本
創栄図書印刷株式会社
発行日
二〇二三年十一月三十日　第一刷　　二〇二三年十二月三十一日　第二刷